KB275988

이야기로 만나는 하나님

유일하신 하나님

The One True God

저자 정부선
그림 오재중

도서출판사 TOBIA

하나님 한 분만 믿어요!

김덕진 목사 토비아선교회대표

　　우리 그리스도인은 '유일하신 하나님, 한 분 하나님을 믿는 사람들'입니다. 우리는 하나님 외에 다른 신이나 다른 사람, 사상, 물건 등을 우리 하나님으로 믿지 않습니다. 다른 신과 신에 버금가는 것으로 여겨지는 존재들은 모두 거짓된 존재들입니다. 세상은 온통 만들어진 것들, 인간의 가공물들을 신이라 여기고 그것을 숭배하도록 우리를 유혹하지만, 그것들은 인간이 자기 편리에 따라 만든 우상일뿐 우리가 믿는 하나님과 견줄 수 없습니다.

　　성경 창세기는 가인의 범죄 이래로 하나님께서 아담에게 새로 주신 아들, 셋의 계보가 세상의 거짓된 신이 아닌 여호와 하나님만을 유일한 한 분 하나님으로 믿었다고 가르칩니다. 셋의 믿음의 계보는 이후 노아와 셈에게, 그리고 아브라함과 이삭과 야곱 등 하나님의 부르심 받은 족장들에게 이어집니다. 족장들 이후 오직 하나님만을 믿는 신앙은 이스라엘 백성의 신실한 사람들에게 그리고 예수님의 제자들과 교회에게 이어져 왔습니다. 이들은 한결같이 한 분 하나님 신앙으로 굳건했던 사람들이었습니다.

　　그들은 하나님을 믿지 못할 상황과 현실에도 불구하고 오직 하나님만 믿었습니다. 에노스를 비롯한 노아 이전 창세기 신앙인들은 가인의 계보가 드러낸 불신앙과 세속적인 모든 위협에도 불구하고 오직 하나님만 신앙하며 살았습니다. 아브라함과 족장들은 부르심 받은 여행길 내내 세상의 유혹을 이기고 오직 한 분 하나님만 신앙하는 삶을 지켰습니다. 이들의 유일한 하나님 신앙은 이후 이스라엘 백성의 바벨론 포로된 현실이나 예수님 제자들과 사도들의 로마 핍박 가운데에도 신실하게 이어졌습니다.

　　오늘 우리가 사는 세상은 여전히 우리의 유일한 하나님 신앙을 조롱하고 위협합니다. 세상은 우리가 한 분 하나님을 믿고 섬기는 것을 싫어합니다. 세상은 우리가 자기들 편리로 만든 신들에게 굴복하기를 바랍니다. 그러나 우리는 우리 신앙의 선배들처럼 한 분 하나님에 대한 신앙을 버릴 수 없습니다. 우리는 한 분 하나님 신앙을 굳건하게 지켜야 합니다. 우리가 이제부터 함께 배울 <유일하신 하나님> 교재는 우리 선배들이 어떻게 유일하신 하나님 신앙을 지켜왔으며 우리는 어떻게 유일하신 하나님 신앙을 이을 것인지를 가르치고 배웁니다.

　　이 교재와 더불어 떠나는 한 분 하나님 신앙의 교육적인 여행이 유익하기를 바랍니다. 가르치는 선생님들이 먼저 한 분 하나님 신앙으로 굳건하게 서기를 바랍니다. 교재의 가르침이 진행되는 동안 어린이들의 부모님이 한 분 하나님 신앙 안에서 흔들림 없으시기를 바랍니다. 무엇보다 우리 어린이들이 한 분 하나님 신앙의 가치를 배우고 그 내용과 방법을 익히는 가운데 불의하고 거짓된 세상에서 하나님만 믿고 살아가는 신앙의 힘을 축적하게 되기를 바랍니다.

『유일하신 하나님』 활용안내

● 『유일하신 하나님』 신앙교육교재 구성 및 진행

1. **외울말씀** 성경구절을 찾아 적고 암송하기
2. **성경이야기** 어린이와 함께 성경이야기 소리내어 읽기
3. **학습활동** 성경이야기를 기억하며 과제 완성하기
4. **기도해요** 각 과를 마무리하며 목소리로 기도하고, 1주일 동안 시간을 정해 기도하기

● 『유일하신 하나님』 이렇게 시작해요

1. **회개의 기도로 시작해요**
   한 주간 동안 잘못한 것이 있다면 회개의 기도를 드리며 모임을 시작해요.

2. **함께 나눔으로 시작해요**
   한 주간 유일하신 하나님을 기억하며 우리 삶에서 경험한 은혜에 대해 이야기를 나누어요.

3. **말씀을 복습하며 시작해요**
   한 주간 동안 외운 말씀을 함께 점검하며 모임을 시작해요.

● 『유일하신 하나님』 교사지침

교사지침은 토비아 홈페이지에 업로드됩니다.
토비아 홈페이지에서 다양한 콘텐츠와 자료를 만나실 수 있습니다.

토비아홈페이지
토비아홈페이지에서
토비아의 다양한 어린이
성경공부 콘텐츠를 만나보세요.

저자 정부선

정부선 전도사는 오랫동안 기독교대한성결교회 어린이 성경공부교재를 집필하는 일과 어린이 사역에 헌신했다. 현재는 토비아선교회의 다양한 말씀공부교재 개발과 집필 그리고 교회교육 사역자양성에 헌신하고 있다.

그동안 어린이교재 「예수님이 말씀하시니 I」 「예수님이 말씀하시니 II」 「예수님을 따라 걸어요」 「평화의 예수님을 기다려요」 「예수님의 사랑을 닮아가요」 「미라클 지저스」 「예수님이 만난 갈릴리 사람들」 「예수님을 따라 떠나는 낯선여행」 「예수, 하나님의 어린양」 「후아유 지저스」 「토비아 컬러링 바이블」 1권, 2권, 3권, 「성탄여행」 그리고 노인교재 「말씀세대」 등을 집필했다.

1판 1쇄: 2025년 2월 5일

저　자: 정부선
그　림: 오재중
표지 디자인: 양재봉
편집 디자인: 정부선
펴낸이: 강신덕
펴낸곳: 도서출판 토비아
등　록: 107-28-69342
주　소: 03383) 서울시 은평구 은평로 21길 31-12, 4층
　　　　T 02-738-2082 F 02-738-2083

ISBN: 979-11-91729-28-3　03230

CONTENTS

배울 말씀: 창세기 4장16-5장 24절
외울 말씀: 창세기 4장 26절

 숫자에 해당하는 단어를 보기에서 찾아서 ▢ 안을 채워 창세기 4장 26절 말씀을 완성한 후, 함께 외워요.

셋도 아들을 낳고
그의 이름을 ▢3 ▢9 ▢6 라 하였으며
그때에 사람들이 비로소
▢7 ▢5 ▢1 의 이름을 ▢8 ▢4 ▢2 ▢10

창세기 4장 26절

에노스, 하나님의 이름을 불렀어요!

에노스와 가족들이 사는 곳에서 멀지 않은 곳에 에녹이라는 도시가 있었어요.

크고 높은 에녹성은 겉보기에 멋진 도시였지만, 그곳 사람들은 난폭하고 잔인했어요.

에녹성 사람들은 여러 가지 편리하고 재미있는 기구들과 도구들도 만들었지만 쉽사리 짜증을 냈어요.

뿐만 아니라 화를 잘 내는 성격에, 심지어 죄책감 없이 나쁜 짓을 일삼기도 했어요.

에노스의 아버지 셋은 에노스와 손자 게난에게 늘 에녹 사람들은 믿음 없는 사람들이라고 말했어요.

게난은 함부로 사람을 함부로 죽이고 나쁜 일을 하고도 잘못을 뉘우치지 않는 라멕과

에녹성 사람들을 늘 조심해야 한다고 할아버지가 말했지만, 그곳이 궁금했어요.

할아버지와 아버지의 말씀대로 게난은 에녹에 가까이 가지 않으려 하지만 그 일이 쉽지 않았어요.

왜냐하면 그 도시에는 재미있는 것이 너무 많았고,

그중에서도 에녹성에는 게난이 좋아하는 악기들이 많았어요

"아버지, 우리도 아랫동네 에녹성에 가서 살면 안 되나요?

거기 재미있고 편리한 것들이 많이 있던데…"

에노스는 어떻게 대답해 주어야 할까 생각하며 게난을 물끄러미 바라보았어요.

"게난, 우리는 에녹성에 사는 사람들하고는 다르단다.

에녹성에 사는 사람들은 하나님을 믿지 않고, 자기들 하고 싶은 대로 사는 사람들이지.

그런데 우리는 하나님의 이름을 부르며, 하나님을 예배하고,

하나님을 믿는 사람들이란다. 우리는 하나님께서 주신

말씀과 계명으로 사는 사람들이야."

게난은 분명하게 말하는 아버지의 얼굴을 올려다 보았어요.

게난은 아버지의 말씀이 틀리지 않다고 생각했어요.

그리고 게난은 얼마 전에 들은 이야기가 생각이 났어요

에녹성에 사는 무서운 라멕 아저씨가 술에 취해

길을 가던 어린아이를 때리고, 그 옆에 있던 사람을

해쳤다는 이야기를 들었어요.

아버지 에노스는 고개를 숙이고 있는 게난의 손을 잡아 일으켰어요.

에노스는 아들 게난을 데리고 집 뒤에 있는 작은 동산에 올랐어요.

거기에는 다듬지 않은 돌로 쌓은 작은 제단이 하나 있었어요.

아버지 에노스는 제단을 보며, 아들 게난에게 이렇게 말했어요.

"게난, 나와 약속을 하나 해 주어야겠다.

앞으로 매일 여기 이 제단 앞에 와서 예배하는 일을 하기로 말이야.

그리고 꼭 기억하렴.

네가 여기서 예배할 분 이름은 여호와 하나님이란다.

이 이름을 잊지 말거라. 그리고 늘 여기서 그 이름을 부르며 하나님을 예배하렴."

게난은 아버지가 말씀해 주신 하나님의 이름을 불러보았어요.

"여호와 하나님!"

"게난, 에녹성 사람들과 함께 살려면 어려운 일이 많을지 몰라.

그럴 때마다 너는 여기서 하나님을 부르고 예배하렴.

그러면 하나님께서 너를 지켜 주실 거야.

우리 아들, 앞으로 살면서 항상 여기 와서 예배하기로 약속하자"

게난은 에녹성에 있는 그 어떤 것보다 아버지 에노스가 더 좋았어요.

게난은 정말 자기를 걱정하는

아버지 에노스의 말에 순종하기로 했어요.

게난은 아버지를 따라 하나님만을 부르며

예배하는 사람이 되기로 결심했어요.

 # 세상의 사람들 vs 하나님의 사람들

세상의 사람들은 하나님을 믿지않고 자기힘만을 믿고 살아갑니다. 그러나 하나님의 사람들은 오직 하나님을 믿고 살아갑니다. 라멕과 에녹성 사람들은 어떤 삶을 살았나요? 에노스와 게난은 어떤 삶을 살았나요?

에녹성 사람들

VS

에노스와 게난

 ## 함께 기도해요

악한 세상 속에서 오직 하나님을 예배하는 어린이가 될 것을 기도문으로 적어보세요.

2과 하나님만 따라가요!

배울 말씀: 창세기 11장 26-12장 8절
외울 말씀: 창세기 12장 4절

 길을 따라가며 창세기 12장 4절을 소리 내어 읽고, 함께 말씀을 외워요.

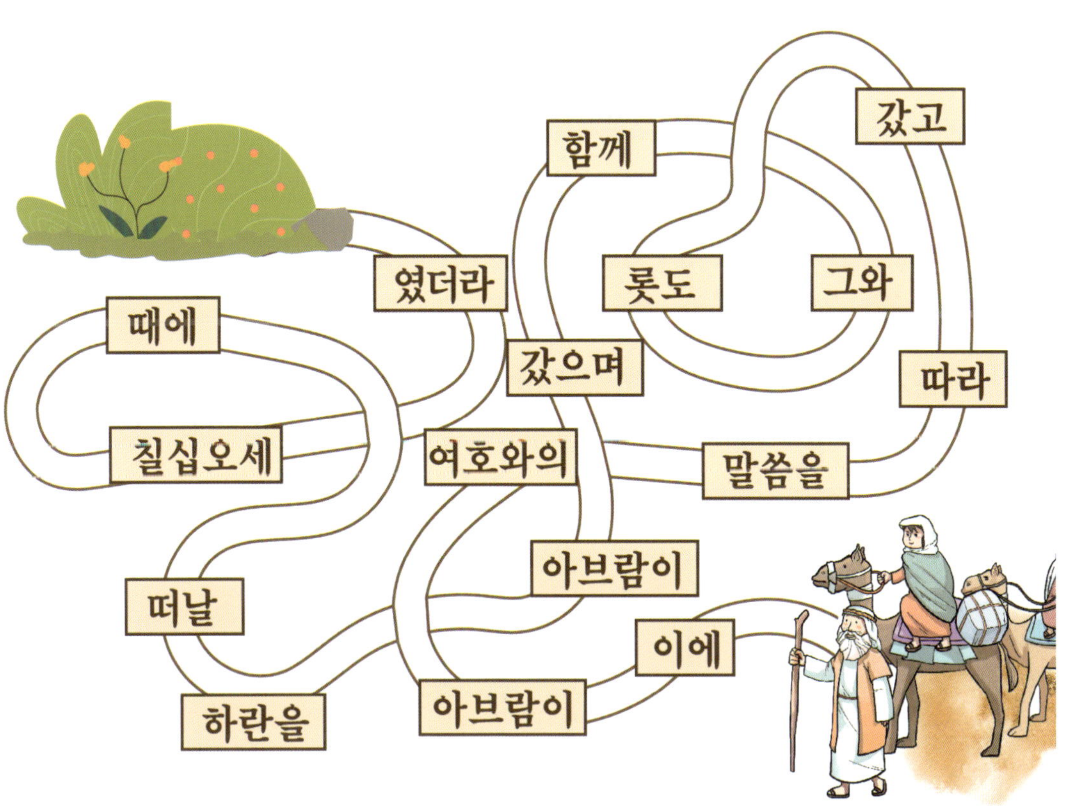

창세기 12장 4절

아브라함, 하나님 말씀을 따라갔어요!

"아브람아, 너는 너의 고향과 친척과 아버지의 집을 떠나 내가 네게 보여 줄 땅으로 가라."

"예, 알겠습니다. 하나님 말씀만 믿고 일어나 하나님께서 지시하신 곳으로 가겠습니다."

어느 날 갑자기 들려온 하나님의 음성에 아브람은 결단했어요.

그리고 그가 살던 하란 땅을 떠나기 위해 짐을 꾸렸어요.

아버지 데라가 짐을 꾸리는 아들 아브람에게 말했어요.

"아버지는 여기 두고 너와 사라만 떠나거라. 참, 롯도 데려갔으면 좋겠다."

"아버지도 같이 가시지요. 아버지만 여기 두고 가는 일은 제 마음이 허락하지 않습니다."

그러나 데라는 아브람을 달래며 자기를 두고 떠나라고 말했어요.

"나는 이제 늙었으니 네게 짐만 될 것이다. 나를 두고 가면 좋겠다."

아브람은 하는 수 없이 아버지를 동생 나홀에게 맡겨두고 길을 나섰어요.

아브람은 그렇게 아버지의 집을 떠나 하나님께서 말씀하신 곳을 향해 여행길을 나섰어요.

오직 하나님만 믿고 따르는 낯선 여행길이었어요.

사실 아브람이 떠나온 것은 아버지의 집만이 아니었어요.

아브람은 오랫동안 살았던 갈대아 사람들 땅, 우르도 떠났어요.

갈대아 사람들의 우르는 아브람이 자랐고 배웠고 친구들과 함께 일하며 살던 곳이었어요. 평생 살아온 갈대아 우르의 거리와 건물, 사람들은 아주 편하고 익숙한 곳이었어요.

하지만 갈대아 우르는 하나님을 믿지않고 거짓된 신들을 믿고 섬기는 곳이었어요. 결국 아브람은 그런 고향 갈대아 우르를 떠나기로 마음을 먹었어요.

아브람의 아버지 데라도 아들 하란이 죽자 더욱 갈대아 우르를 떠나고 싶어 했어요. 아브람도 동생 하란이 죽은 그곳에서 더는 살 수 없다고 생각했어요.

그래서 아브람은 아버지와 동생 가족 함께 갈대아 우르를 떠나온 것이었어요.

아브람의 가족은 그렇게 갈대아 우르를 떠나 하란이라는 도시로 와서 살게 되었어요.

그런데 하나님께서 이번에는 아버지와 동생 가족이 있는 하란 땅 마저 떠나라고 하셨어요.

아브람으로서는 한 번 떠나온 곳을 다시 떠나야 하는 어려운 상황이었어요.

하지만 아브람은 하나님의 말씀에 순종했어요.

그렇게 하는 것이 하나님을 믿는 사람으로서 옳고 바른 일이라고 생각했어요.

하나님을 믿기로 한 아브람은 살기 좋은 고향 갈대아 우르 땅을 떠났어요.

하나님을 믿기로 한 아브람은 넉넉한 아버지 집 하란 땅 마저 떠났어요.

하나님을 믿기로 한 아브람은 본토와 친척과 아버지 집 모두를 떠났어요.

하나님의 말씀에 순종한 아브람은 익숙한 곳도,

넉넉한 곳도 모두 버리고 떠났어요.

그리고 온전히 하나님만 믿으며, 하나님 말씀만 들으며,

믿음의 여행길을 걸었어요.

아브람은 마침내 하나님께서 말씀하신 가나안 땅에 도착하였어요.

그리고 가나안에서 하나님을 믿는 사람으로서 새로운 삶을 시작했어요.

오직 하나님만 믿고 따르기로 한 아브람은 거기서 새로운 이름 아브라함이 되었어요.

하나님만 믿고 하나님 말씀만 따라갔던 낯선 여행에서

하나님은 아브람을 '높고 훌륭한 아버지'에서

'하나님 믿는 세상 모든 사람들의 아버지' 아브라함이 되게하셨어요.

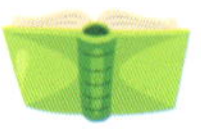 # 세상의 사람들 vs 하나님의 사람들

세상의 사람들은 편안하고 익숙한 것, 눈에 보이는 확실한 것들만 믿습니다. 그러나 하나님의 사람들은 오직 하나님의 말씀만 믿고 따릅니다. 아브람이 떠나 온 우르와 하란 땅은 어떤 곳 인가요? 하나님이 가라고 지시하신 가나안 땅은 어떤 곳 인가요?

우르와 하란 땅

VS

가나안 땅

 ## 함께 기도해요

불확실한 상황속에서도 하나님만을 믿고 따르는 어린이가 될 것을 기도문으로 적어보세요.

하나님만 섬겨요!

배울 말씀: 여호수아 24장 1-18절
외울 말씀: 여호수아 24장 15절

암호를 풀어 여호수아 24장 15절 말씀을 완성한 후, 함께 외워요.

만일 여호와를 섬기는 것이 너희에게
좋지 않게 보이거든 너희 조상들이 강 저쪽에서
섬기던 신들이든지 또는 너희가 거주하는
땅에 있는 아모리 족속의 신들이든지
너희가 섬길 자를 오늘 택하라

여호수아 24장 15절

여호수아, 하나님을 섬겼어요!

"여호수아, 우리 이스라엘 백성들이 여기서 잘 살 수 있을까요?"

실로의 장막에서 평생 함께 길을 걸어온 갈렙이 여호수아에게 물었어요.

여호수아는 근심 가득한 표정을 지으며 갈렙에게 대답했어요.

"글쎄요, 잘 모르겠습니다. 우리 이스라엘 백성을 믿어봐야지요.

40년 동안 광야와 들판을 함께 걸으며 모세 선생님의 가르침을 받았는데, 그 모든 가르침을

잊어버리지는 않았을 것입니다."

갈렙이 여호수아의 어깨에 손을 얹으며 이야기했어요.

"이제 우리가 정복한 땅을 나누는 일도 어느 정도 마무리 되었네요.

여호수아, 백성들이 각자의 땅으로 흩어지기 전에 한 번 모아서 이야기를 하시지요."

여호수아는 갈렙에게 그렇게 하겠다고 말하고 혼자 장막을 나왔어요.

어느새 동편 길르앗 산지로부터 해가 떠올라 남은 시간이 없었어요.

이제 백성들은 각자 분배받은 땅으로 가야 합니다.

하나님의 백성 이스라엘은 항상 하나님만 믿고 따르겠다고 고백했어요.

그러나 그들은 언제나 그 결단을 헌신짝처럼 버리고 하나님을 배신했어요

시내산에서 이스라엘 백성은 애굽을 떠날때 가지고 온

금과 은을 모아 녹여서 눈 앞에 보이는 송아지 신상을 만들고

그것이 하나님이라고 외쳤어요.

그리고 금송아지 앞에 절하고 예배하며,

춤추고 노래하며 즐거워했어요.

그때 모세가 시내산에서 하나님께 십계명 돌판을 받아

내렸왔어요. 백성들이 황금송아지를 우상으로 숭배하는 것을

본 모세는 크게 진노했어요. 그리고 하나님께 받아 가지고 온

십계명 돌판을 깨뜨려 버렸어요.

하나님께서는 만들어진 신상을 하나님이라 부르며 예배하지 말라고 말씀하셨어요.

이스라엘 백성은 분명히 그렇게 하겠다고 결단하고 하나님께 약속했지만,

며칠도 지나지 않아 송아지 우상을 만들고 하나님을 배신했어요.

모세도, 여호수아도 이스라엘 백성의 갈대 같은 마음을 잘 알고 있었어요.

"갈렙, 지파의 족장들에게 사람들을 모으라고 연락해 주실래요?"

여호수아는 옆에 서 있던 갈렙에게 이야기하고, 하나님의 성막에 기도하러 갔어요.

여호수아가 기도를 마치고 밖으로 나오니 이스라엘 백성들이 성막 앞에 모여 있었어요.

여호수아는 백성들의 얼굴을 둘러 본 후 이렇게 말했어요.

"이스라엘 백성 여러분, 이제 결론을 지을 시간입니다!

하나님을 섬길 것인지, 아니면 여기 가나안의 신을 섬길 것인지 결단하십시오."

그리고 더 큰 목소리로 이렇게 외쳤어요.

"여기 가나안 땅에서, 나와 내 집은 오직 여호와 하나님만 섬기겠습니다."

이스라엘 백성들은 여호수아의 빛나는 모습을 바라보며, 여호수아의 외침을 마음 깊이 새겼어요.

그리고 하늘을 향해 두 손을 높이 들고 한 목소리로 외쳤어요.

"우리도 여호와 하나님만 섬기겠습니다. 그분은 우리의 유일하신 하나님이십니다."

여호수아는 백성의 외침을 듣고 하나님께 기도했습니다.

"하나님, 저와 이스라엘 백성들이

오직 하나님 한분만 섬기며

살아가게 하옵소서."

 # 세상의 사람들 vs 하나님의 사람들

세상의 사람들은 하나님이 아닌 것에 섬깁니다. 그러나 하나님의 사람들은 오직 하나님만 섬깁니다. 이스라엘 사람들이 금송아지를 만들었던 이유는 무엇일까요? 여호수아가 하나님만을 섬기겠다고 말한 이유는 무엇일까요?

이스라엘 사람들

VS

여호수아

 ## 함께 기도해요

눈에 보이지 않아도 하나님 만 살아계신 하나님으로 믿는 믿음으로 기도문으로 적어보세요.

하나님께만 기도해요!

배울 말씀: 다니엘 6장 1-28절
외울 말씀: 다니엘 6장 10절

 보기에서 ☐ 에 들어갈 단어를 찾아 다니엘 6장 10절 말씀을 완성한 후, 함께 외워요.

☐ 이 이 조서에 ☐ 의 도장이 찍힌 것을 ☐ 자기 집에 돌아가서는 윗방에 ☐ 예루살렘으로 향한 ☐ 을 열고 전에 ☐ 하루 세 번씩 무릎을 꿇고 ☐ 그의 ☐ 감사하였더라

다니엘 6장 10절

보기 하나님께, 알고도, 왕, 다니엘, 올라가, 하던대로, 기도하며, 창문

다니엘, 하나님께 기도했어요!

둥!둥!둥! 바벨론 성안에 북소리가 울려 퍼지고 있어요.

왕의 조서를 들고 왕궁을 나서는 총리에게 사람들이 다가왔어요.

"총리님, 이제 우리의 계획대로 다니엘을 쫓아낼 수 있겠죠?"

"잡혀온 포로가 왕의 신임을 받는 최고 총리가 되어 전국을 다스리는 게 말이 안 되지!

다니엘의 말과 행동에 그릇됨이 없어 허물을 찾을 수 없으니, 방법은 이것 뿐입니다."

" 다니엘이 여호와 하나님의 율법을 어기도록 만들면 돼요.

다니엘은 절대로 삼십 일 사이에 다리오 왕에게 기도하지 않을 겁니다."

둥!둥!둥! 소리를 듣고 성안의 사람들이 왕궁 앞으로 모여들었어요.

"바벨론 성 안에 있는 사람들은 들으시오! 다리오 왕께서 새로운 법률을 세우고 한 가지 금령을 내리셨습니다. 오늘부터 삼십 일 동안은 다리오 왕에게만 기도하고, 어떤 신에게나 사람에게 무엇을 구하면 사자 굴에

던져질 것입니다. 보시오! 여기 조서에 왕의 도장이 찍혀있습니다."

왕의 조서가 발표되자 모였던 사람들이 웅성 거리기 시작했어요.

"지금 저 총리가 무슨 말을 하는 거요?

오늘 아침에도 위대하신 마르둑 신에게 기도했는데."

"이제부터는 다리오 왕에게만 기도해야 한답니다.

금령을 어기면 사자 굴에 던져진답니다."

"서둘러 돌아가서 사람들에게 이 금령을 전해야겠어요."

저녁이 되자 한바탕 소란스럽던 성안에 다시 조용해졌어요.

하루의 일과를 마치고 뚜벅뚜벅 다니엘이 집으로 걸어 돌아오고 있었어요.

다니엘은 낮에 성안을 소란스러럽게 했던 왕의 금령을 떠올렸어요.

'그 어떤 신에게나 사람에게 구하지 말고 오직 다리오 왕에게만 기도해야 한다.'

다니엘은 다른 총리들과 고관들이 자신을 죽이기 위해 세운 계획임을 이미 알고 있었어요.

그러나 다니엘은 다른 생각을 하지 않았어요. 다니엘은 오직 하나님만을 생각했어요.

처음 바벨론에 포로로 잡혀왔을 때부터 하나님의 율법을 지키기 위해 했던 모든 일들이 떠 올랐어요.

다니엘은 기름진 왕의 음식이 아닌 채소만 먹었을 때도, 세 친구가 금신상에 절하지 않아

뜨거운 풀무불에 던져졌을 때도 하나님께서 그들을 지켜 주셨음을 기억했어요.

다니엘은 하나님께서 이번에도 저 악한 무리들에게서 자신을 구원해주시리라 믿었어요.

다니엘의 발걸음이 빨라졌어요. 뛰어 집으로 돌아왔어요.

그리고 윗방으로 올라 예루살렘으로 향한 창문을 활짝 열었어요.

다니엘은 지금까지 하던 대로 하나님께 기도했어요.

"하나님! 하나님만이 유일하신 신이심을 내가 고백합니다.

나는 다른 어떤 신도, 어떤 사람도, 다리오 왕에게도 기도하지 않습니다."

사람들이 하나님께 기도하는 다니엘을 보고서 바로 그를 붙잡아 왕에게 데려갔어요.

왕은 다니엘을 좋아했어요. 하지만 금령을 어긴 다니엘을 어찌할 수 없었어요.

다니엘은 결국 왕의 군사들에게 끌려가 사자들이 가득한 굴에 던져졌어요.

그런데, 어찌된 일 일까요? 다니엘은 사자 굴에서도 살아남았어요.

하나님께서 사자들의 발톱과 입을 막으신 거에요.

다니엘은 사자 굴 속에서도 오직 하나님께만 기도했어요.

그러자 하나님께서 다니엘의 기도를 들으시고

그를 구원하신거에요.

다리오 왕도, 바벨론 사람들도 모두 놀랐어요.

그들은 모두 다니엘의 하나님만이

살아계신 유일하신 하나님이심을 믿었어요.

다니엘은 오늘도 나의 기도를 들으시는

유일하신 하나님께 기도했어요.

"하나님만이 구원자이심을 내가 믿습니다.

오직 하나님께만 기도하오니 나를 구원하소서."

 # 세상의 사람들 vs 하나님의 사람들

세상의 사람들은 하나님이 아닌 것에 기도합니다. 그러나 하나님의 사람들은 오직 하나님께만 기도합니다. 바벨론 사람들이 다리오 왕에게 기도한 이유는 무엇일까요? 다니엘이 하나님께만 기도한 이유는 무엇일까요?

바벨론 사람들

VS

다니엘

 ## 함께 기도해요

어떤 상황속에서도 유일하신 하나님께만 기도하는 어린이가 될 것을 기도문으로 적어보세요.

성경을 찾아 사도행전 19장 9절을 완성하고, 함께 말씀을 외워요.

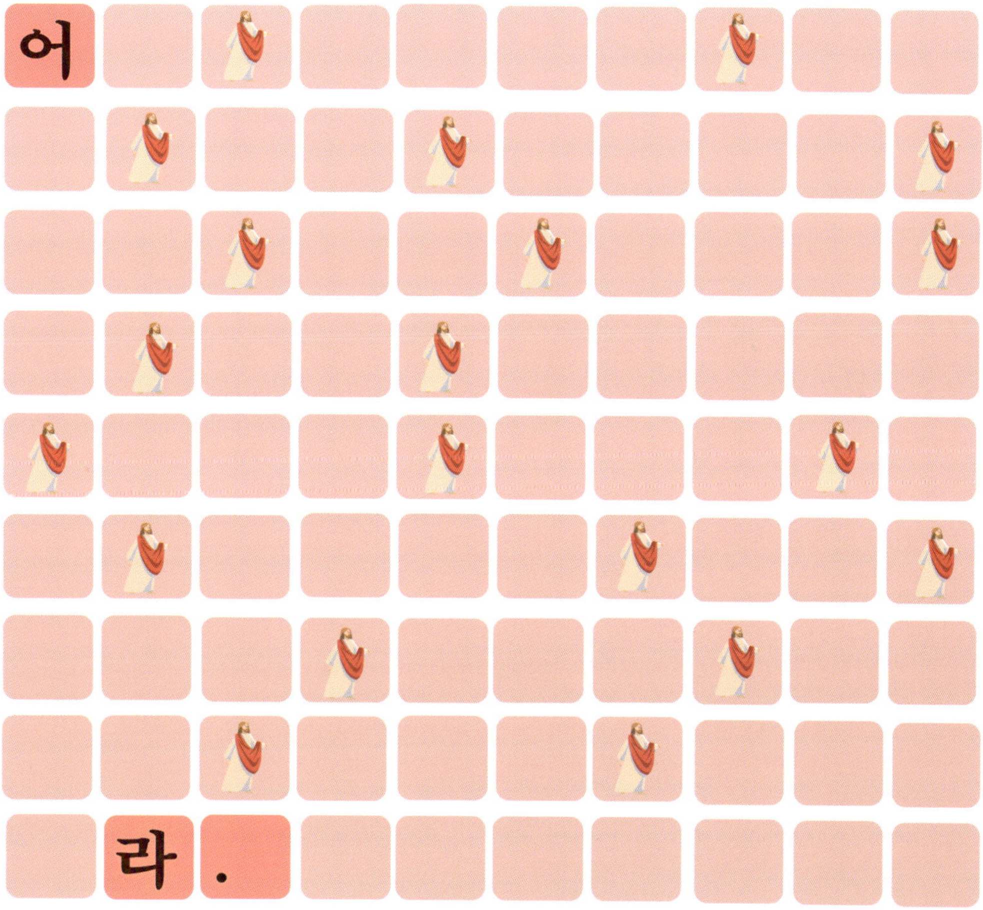

어

라 .

사도행전 19장 9절

바울, 예수님을 전했어요!

에베소에는 아데미 여신을 위한 성스러운 축제로 아침부터 많은 사람들이 북적거렸어요

에베소 사람들이 한 손에는 아데미 조각 신상을 사들고 아데미 여신의 이름을 부르며 행진하고 있어요.

"위대한 에베소의 아데미 여신이여!"

"에베소를 지키시는 여신 위대한 아데미여!"

"아데미 여신이여! 올해도 에베소에 풍요를 주옵소서!"

그런데, 에베소의 사람들은 아데미 여신만 믿지 않았어요.

에베소 사람들은 마술책 파는 집에서 부적들도 구입해

자기 집에 가져다 두었어요.

에베소 사람들은 온통 거짓된 신들에게 휩싸여 살고 있었어요.

여러 지방을 다니며 예수님 복음을 전하던 바울이 에베소에 왔어요.

바울은 사람들이 거짓 신들을 믿고 잘못된 미신에 빠져 사는 것이 안타까웠어요.

바울은 예수님과 십자가 복음을 알지 못하는 사람들에게 예수님을 전했어요.

"에베소 사람들이여, 예수님은 우리를 구원하시는 분입니다!"

그러나 에베소 사람들은 바울이 전하는 예수님의 이야기를 듣지 않았어요.

바울은 실망하거나 좌절하지 않았어요.

바울은 예수님을 전하는 일을 포기하지 않았어요.

바울은 제자들을 따로 세우고 그들과 두란노 서원이라는 곳으로 갔어요.

그리고 거기서 2년 동안 계속해서 예수님을 전하고 하나님의 말씀을 가르쳤어요.

그리고 바울은 하나님의 성령을 통해 놀라운 일들도 행했어요.

바울이 안수하면 병든 자들이 고침을 받고 귀신이 떠나는 놀라운 일들이 일어났어요.

바울와 제자들의 전도로 에베소 사람들이 변하기 시작했어요.

"여러분, 우리가 가진 마술책들을 버립시다!"

그 동안 간직하며 즐겨보던 자신들의 마술책들을 가지고 나와 불태웠어요.

"자, 여러분, 아데미 여신도, 다른 신들도 모두 거짓 신들입니다.
오직 예수님만 유일하신 하나님이시고 그 분의 십자가만이 구원의 길입니다."

사람들은 바울의 가르침을 따라 아데미 신과 온갖 미신들을 버리기 시작했어요.

그들은 아데미 신전에 바치던 신상들을 버리고 더 이상 구입하지 않았어요.

아데미 신전 사람들은 신전을 찾아오는 사람들이 줄어든 것을 알게 되었어요.

사람들이 더 이상 재물과 신상을 아데미 신전에 바치지 않는다는 것을 알게 되었어요

화가난 에베소 아데미 신전 사람들은 신상 만드는 데메드리오와 사람들을 부추겨

아데미 신을 지키도록 했어요. 데메드리오는 에베소 사람들과 아데미 신앙을 지키기 위한 행진을 했어요.

"에베소의 아데미는 위대하다. 아데미 신앙을 지키자!"

"이 모든 것이 바울과 그 사람들 탓입니다. 그들을 도시에서 쫓아내야 합니다."

데메드리오와 함께 아데미 여신을 믿는 신앙을 지켜야 한다고 많은 사람들이 모였지만,

사람들은 지금 자신들이 무엇을 하는지 알지 못했어요.

그저 아데미 신전 사람들과 데메드리오 사람들이 시키는대로 할 뿐이었어요.

결국 데메드리오와 에베소사람들의 행진은 흐지부지 끝나버리고 말았어요.

바울은 에베소 사람들의 그런 모습을 불쌍하게 여겼어요.
그리고 더 열심히 예수님 십자가와
유일하신 하나님 신앙을 전하기로 마음 먹었어요.
에베소 사람들 모두가 예수님을 온전히 알고,
유일하신 하나님을 믿을 때까지
예수님 복음을 전하고 가르치는 일을
멈추지 않기로 다짐했어요.

 # 세상의 사람들 vs 하나님의 사람들

세상의 사람들은 거짓 우상과 신들을 믿도록 전합니다. 그러나 하나님의 사람들은 오직 하나님만 구원자 예수님만 전합니다. 에베소 사람들이 아데미 여신을 믿은 이유는 무엇일까요? 바울이 오직 예수님만 전한 이유는 무엇일까요?

에베소 사람들

 **VS**

바울

 ## 함께 기도해요

예수님을 믿지 않는 세상 사람들에게 구원자이신 예수님만 전할 것을 기도문으로 적어보세요.

 요한계시록 2장 13절을 따라 적고, 함께 말씀을 외워요.

네가 어디에 사는지를
내가 아노니 거기는 사탄의 권좌가
있는 데라 네가 내 이름을 굳게
잡아서 내 충성된 증인 안디바가
너희 가운데 곧 사탄이 사는 곳에서
죽임을 당할 때에도 나를 믿는
믿음을 저버리지 아니하였도다

요한계시록 2장 13절

안디바, 믿음을 지켰어요!

"안디바는 죽어 마땅합니다. 그는 맹수들에게 던져져야 합니다."
안디바를 묶고서 사형장으로 끌고 가고 있는 관리가 크게 외쳤어요.
"로마와 버가모의 신들을 부정한 안디바를 사자들에게!"
"우리의 제우스 신과 황제 신을 예배하지 않은 안디바에게 사형을!"
버가모 거리의 사람들은 끌려가는 안디바에게 돌을 던지며 소리쳤어요.

안디바는 고결한 사람이었어요.
그는 귀족이었고 유명하고 힘있는 사람이었어요.
그런데 버가모 사람들이 그를 도시 법정에 고발해 버렸어요.
안디바가 도시의 신전에 가서 신들에게 예배하지 않았기
때문이에요. 로마 사람들은 도시의 신들에게 예배하는 것을
중요하게 여겼어요.
안디바가 그 중요한 일을 하지 않는다고 알려지자, 사람들은
그를 고발한 거에요. 안디바는 높은 신분의 사람이었지만,
도시 법정의 판결을 벗어날 수는 없었어요,

안디바는 의롭고 착한 사람이었어요.
버가모 사람들은 안디바가 바른 사람이란 것을 알았지만 재판에 넘겨 그를 죽이려 하고 있어요.
그는 이제 사형 판결을 받고 그 집행을 위해 도시 중심 거리로 끌려가고 있어요.

기독교 복음이 처음 세상에 전파될 때 로마 사람들은 기독교를 인정하지 않았어요.
기독교가 전하는 하나님이나 예수님을 신으로 받아들이지 않았어요
그래서 로마 사람들은 기독교인들을 신을 믿지 않는 사람들, 무신론자로 여겼어요.
로마에서 무신론자로 취급되는 것은 위험한 일 이었어요.
만약 어떤 사람이 로마의 신을 믿지 않는 무신론자로 고발되면 그 사람은 죽임을 당했어요.

얼마 전 사도 요한도 로마의 신들, 특히 황제 신을 예배하지 않는 이유로 고발되어 죽을 뻔했으나

살아나 밧모라는 섬에 보내져 거기서 죽도록 일하게 되었어요.

요한 말고도 많은 예수님의 제자들과 사도들이 그리고 성도들이 고발당했어요.

그리고 안디바처럼 재판을 받고 사형을 판결받아 죽임 당했어요.

그들은 한결 같이 로마가 믿고 숭배하는 신들을 섬기지 않았다는 이유로

고난을 받고 박해를 받고 그리고 죽임을 당한 것이에요.

안디바도 그 가운데 한 사람이었어요.

안디바가 끝까지 찾아가지 않고, 예배하지 않았던 제우스 신전이 내려다보는 버가모의

도시 중심 광장에서 안디바는 조용히 그러나 참착하게 사람들에게 말했어요.

"버가모 시민 여러분, 나는 이제 여러분의 손에 죽을 것입니다."

그렇지만 나는 버가모 시민 여러분들을 원망하지 않을 것입니다.

이 모든 것은 저 사탄과 같은 제우스 신과 그를 따르는 황제 신들이 꾸미는 짓이니까요."

안디바는 이제 사형 집행을 앞두고 조용히 그러나 담대하게 말했어요.

"나는 이렇게 죽더라도 우리 주 예수 그리스도를 나의 주님으로,

하나님으로 믿고 고백하는 일에 대하여 한 점 부끄럼이 없습니다.

나는 여전히 하나님을 믿을 것이며, 예수 그리스도의 십자가를 믿는 제자입니다."

안디바는 그렇게 거기서 순교했어요.

그러나 유일하신 하나님과 예수님을 향한 안디바의 굳은 신앙은

오늘 우리에게 전해집니다.

 # 세상의 사람들 vs 하나님의 사람들

세상의 사람들은 힘있는 대상과 신들에게 절하고 예배합니다. 그러나 하나님의 사람들은 오직 하나님만을 예배합니다. 버가모 사람들이 로마의 황제 신을 예배한 이유는 무엇일까요? 안디바가 죽음을 선택한 이유는 무엇일까요?

버가모 사람들

 **VS**

안디바

 ## 함께 기도해요

어떤 두려운 상황에서도 예수님을 믿는 믿음을 지키는 어린이가 될 것을 기도문으로 적어보세요.

7과 주님으로 고백해요!

배울 말씀: 요한복음 20장 1-28절
외울 말씀: 요한복음 20장 28절

 요한복음 20장 28절을 따라 적고, 함께 말씀을 외워요.

도마가 대답하여 이르되
"나의 **주님**이시요
나의 **하나님** 이시니이다"

요한복음 20장 28절

도마, 예수님을 구주로 고백했어요!

예수님의 부활 소식은 요한을 비롯한 제자들과 사도들에 의해 세상 곳곳에 전파되었고

많은 사람에게 기쁜 소식, 복음으로 전해졌어요. 그런데 어떤 사람은 그 사실을 믿지 않았어요.

그 중에서도 사람이 부활한다는 것과 그를 하나님으로 믿는 것을 도무지 받아들일 수 없었어요.

지금 요한의 이야기를 듣는 사람들도 같은 이유로 예수님을 믿지않았어요.

"예수님께서는 십자가에 죽었지만, 부활하셨습니다."

에베소에서 사람들에게 예수님 복음을 전하던 요한은 자리에서 일어났어요.

요한은 비록 늙었지만 힘주어 단호하게 사람들에게 외치듯 말했어요.

"나는 예수님께서 십자가에 달려 죽는 것을 실제로 보았습니다.

그런데 삼 일이 지났을 때 우리와 함께하던

여인들이 무덤에 가서 예수님의 시신을 두었던 굴의

돌문이 사라지고 시신이 없어진 것을 확인했습니다.

여인들은 놀랐습니다. 어찌할 바를 몰랐습니다.

사람들이 예수님을 죽인 것도 모자라 시신을

훔쳐갔다고 생각했습니다.

그런데 그때 그녀들 뒤로 예수님께서 오셨습니다.

예수님께서는 여인들에게 부활하신 모습을 보이시고,

부활 소식을 전하라고 하셨습니다."

요한은 부활 이야기에 흥미를 잃은 듯 떠나려는 사람들에게 말했어요.

"예수님께서는 이후 여러 제자와 사도들에게 부활하신 모습을 보이시고 예수님이야말로 구세주이시며,

하나님 자신이시라는 것을 나타내셨습니다."

사람들은 이제 요한이 하는 이야기를 더 들을 수 없다는 듯 자리를 떠나려고 일어났어요.

요한은 그런 그들을 붙잡고서 미소지으며 이렇게 말했어요.

"당신도 우리처럼 부활하신 예수님을 하나님으로 받아들일 수 있습니다."

"한 번 죽은 사람이 다시 살아나다니…. 그것이 사실이요?"
의심스러웠지만 이야기를 계속 듣기를 원하는 한 사람이 요한에게 말했어요.
"만일 그런 일이 사실이라면 나도 그 사람을 나의 구주로 하나님으로 믿겠소."

요한은 오래 전 일을 회상하며 입가에 미소를 지으며 이야기를 이어 갔어요.
"오래전 예수님께서 부활하신 날에도 그렇게 의심하는 사람이 있었습니다.
그도 여러분처럼 예수님께서 십자가에 달리신지 삼일 만에 살아났다는 것을 두 눈으로 보고,
두 손으로 만져보지 않으면 믿지 못하겠다고 했지요.
하지만, 예수님을 다시 만나 보고 만졌을 때 그는 사실을 인정할 수밖에 없었지요."
요한은 목소리에 힘을 주어 말했습니다.
"예수님의 부활을 실제로 본 그가 뭐라고 한 줄 아십니까?
그는 '당신만이 나의 주님이고 나의 하나님이십니다.'라고 고백했습니다.
이 위대한 고백을 한 사람의 이름은 도마입니다."
요한은 자리에서 이야기를 듣고 있는 사람들에게 이렇게 말했어요
"여러분들도 부활하신 예수님을 구주로, 유일한 하나님으로 고백하시기 바랍니다"

요한에게 도마 이야기를 들은 그 사람은 자신의 마음이 움직이는 것을 느꼈어요.
자기도 요한과 도마처럼 부활하신 예수님을
하나님으로 고백할 수 있을 것 같았어요.

 # 세상의 사람들 vs 하나님의 사람들

세상의 사람들은 예수님의 부활을 믿지 않습니다. 그러나 하나님의 사람들은 예수님이 부활하셨음을 믿고 하나님의 아들로 고백합니다. 세상의 사람들이 예수님의 부활을 믿지는 못하는 이유는 무엇일까요? 도마는 부활하신 예수님을 만난 후 무엇이라고 고백였나요?

세상 사람들

VS

도마

 ## 함께 기도해요

죽음에서 부활하신 예수님만이 나의 구주임을 고백하는 어린이가 될 것을 기도문으로 적어보세요.